atlantis

Eine Küstengeschichte | **Es war finster und merkwürdig still**
erzählt und gezeichnet von Einar Turkowski

Atlantis

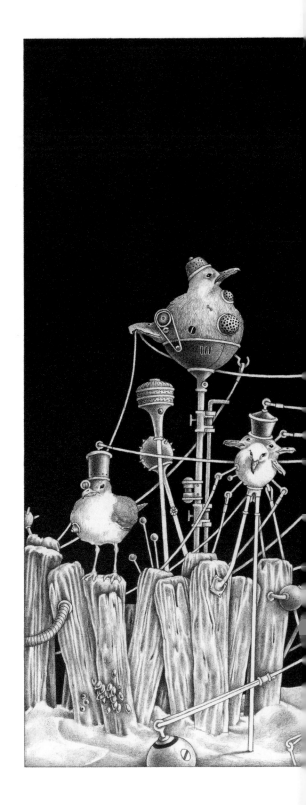

Es war September, als ein Mann sein Schiff auf die Sandbank einer Insel treiben ließ und es dort festmachte. Möglicherweise war es sogar schon Oktober und vielleicht auch nur eine Landzunge, die weit ins Meer hinausragte. Auf jeden Fall aber war es recht finster und merkwürdig windstill. Nur der Strandhafer auf den Dünen schien dies nicht beachten zu wollen und bog sich wie im Sturm. | **D**er Mann packte ein paar Sachen zusammen, stieg von seinem Boot auf die Sandbank, stapfte durch das hohe Gras zu einem verlassenen Haus und ging hinein. | **H**inter den Dünen lag eine kleine Stadt, und obwohl die Menschen hier nicht besonders gesprächig waren, wusste gleich jeder, dass da draußen im Haus vor den Dünen jetzt jemand wohnte. | **D**ie Leute wussten nicht, woher der Fremde gekommen war, nicht, was er machte, und nicht, was er dort wollte. Das ärgerte sie, doch statt hinzugehen und ihn zu fragen beschlossen sie, ihn zu beobachten. Sicher war nur: Mit diesem Mann konnte etwas nicht stimmen.

Tatsächlich geschahen dort draußen bald schon Dinge, die niemand so recht deuten konnte. | Stäbe ragten aus der Erde vor dem Haus, und auf ihnen fand sich Unerklärliches. Und morgens in der Früh, wenn es noch recht frisch war, steckten ein Dutzend oder mehr Fische mit ihren Köpfen im Boden, die Schwanzflossen himmelwärts. Andere baumelten fein säuberlich aufgereiht an einer Wäscheschnur, die bis zum Strand reichte.

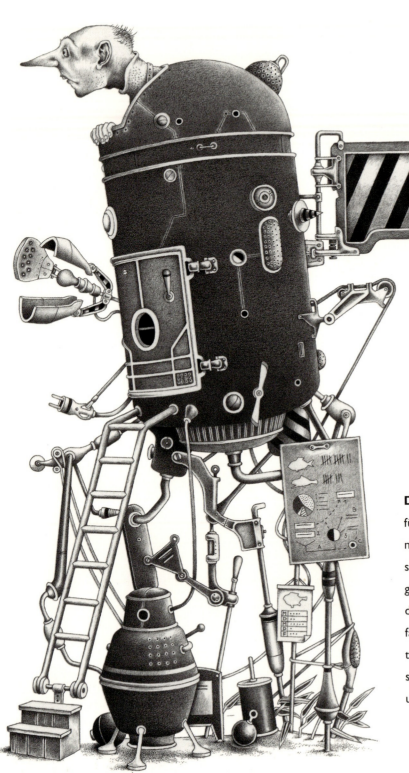

Die Stadtbewohner platzten fast vor Aufregung und Neugier. Tag für Tag trafen sie sich hinter der alten Meierei und schlichen hinaus zu den Vordünen, um herauszufinden, was dort draußen vor sich ging. Sie kamen mit großen und langen Fernrohren, und sie gafften von früh bis spät, machten Aufzeichnungen über das, was der Mann tat, und vergaßen darüber all ihr sonstiges Tun. Aber sie fanden nichts heraus. | Stattdessen äußerten sie allerlei Vermutungen darüber, wie dieses und jenes zu erklären sei. Die einen sprachen davon, dass dem Mann wohl die Frau weggelaufen sei und dass er nun nicht mehr so ganz wisse, was er da tue. Andere

hielten ihn für einen verrückten Sonderling oder unterstellten ihm pure Bosheit. Wieder andere meinten, es handle sich um einen überspannten Künstler. Das könne man ja wohl sehen. – »Alles Unsinn«, murmelte eine alte Frau. »Dieser Mann ist Wissenschaftler, glaubt mir. Der macht dort draußen gefährliche Experimente. Bestimmt entwickelt er neuartige Waffen, die er an den Fischen ausprobiert, und weil alles sehr giftig ist und stinkt, muss er sogar die leeren Behälter im Garten deponieren. Der Mann bringt uns noch alle um!« | So zeterten und eiferten sie, meinten und vermuteten, behaupteten und schworen sie und wussten doch nichts.

Einmal, nachdem schon einige Zeit vergangen war, kam der Mann mit einem Korb voller Fische in die Stadt, um sie zum Verkauf anzubieten. Es waren herrliche Fische, die schönsten, die man sich denken konnte: groß, gesund und prachtvoll in ihren Farben. Doch die Menschen in der Stadt drehten ihm den Rücken zu. Übel gelaunt verschwanden sie in ihren Gassen. Sie waren misstrauisch und wollten nichts zu tun haben mit dem Fremden. | **T**raurig darüber, dass niemand seine gute Ware wollte, machte der Mann sich auf den Rückweg.

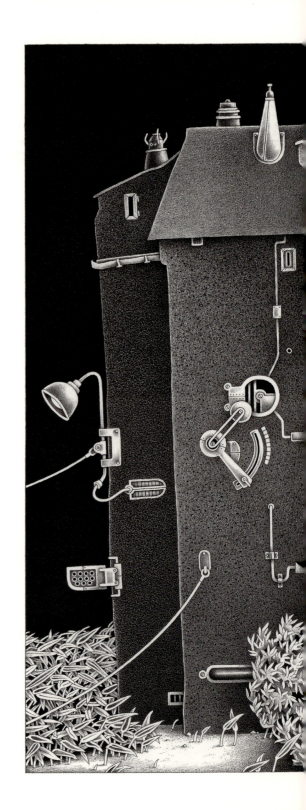

Kaum war er jedoch hinter der Türe seines Hauses verschwunden, standen die Leute wieder auf ihren Balkonen, um mit noch größeren Fernrohren zu spähen. Sie mussten unbedingt wissen, was es mit den Fischen auf sich hatte. | **D**och umsonst. Sie fanden einfach nichts heraus. Sie entdeckten lediglich, dass die Gegenstände vor dem Haus immer zahlreicher wurden, so wie auch die Fische. Und der Mann schien sich darüber zu freuen. Hin und wieder nahm er einen von der Leine und trug ihn ins Haus, und die Leute glotzten weiter, bis ihre Augen schmerzten; tagsüber von den Dünen und am späten Abend vor dem Schlafengehen von ihren Fenstern aus. Sie schliefen kaum noch, um ja nichts zu verpassen. | **I**rgendwann fiel sogar einer vom Balkon, wahrscheinlich, weil er sich zu weit nach vorn gebeugt hatte. Vielleicht war aber auch nur das Fernglas zu schwer geworden. Wie auch immer; niemand bemerkte es. | **S**chließlich geschah es, dass einer der Bewohner überhaupt nicht mehr ins Bett ging, um die ganze Nacht Wache halten zu können. Und da – endlich – kam er hinter das Geheimnis der Fische.

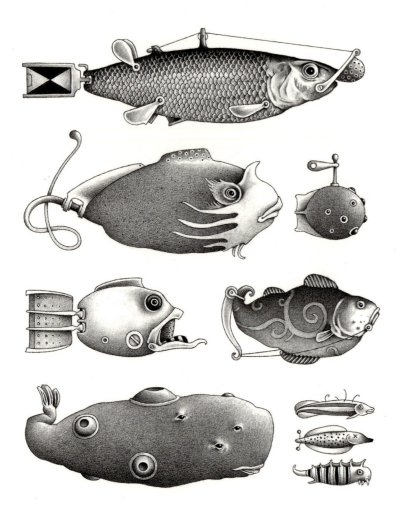

Und obwohl die Leute nicht sehr gesprächig waren, kannte bald darauf ein jeder das Geheimnis der im Boden steckenden Fische, und das, noch bevor das matte Licht des Morgens den nächsten Tag ankündigte. | »Er lässt die Fische aus den Wolken regnen«, tuschelte man hier. »Er bindet die Wolken mit Seilen über dem Haus fest«, flüsterte man dort. Man sprach von nichts anderem mehr. Und am Mittag des gleichen Tages wusste jedes Kind, dass der Mann die Wolken mit Hilfe einer großen Seilharpune fing und dann den morgendlichen Wind abwartete, der sich hier stets um

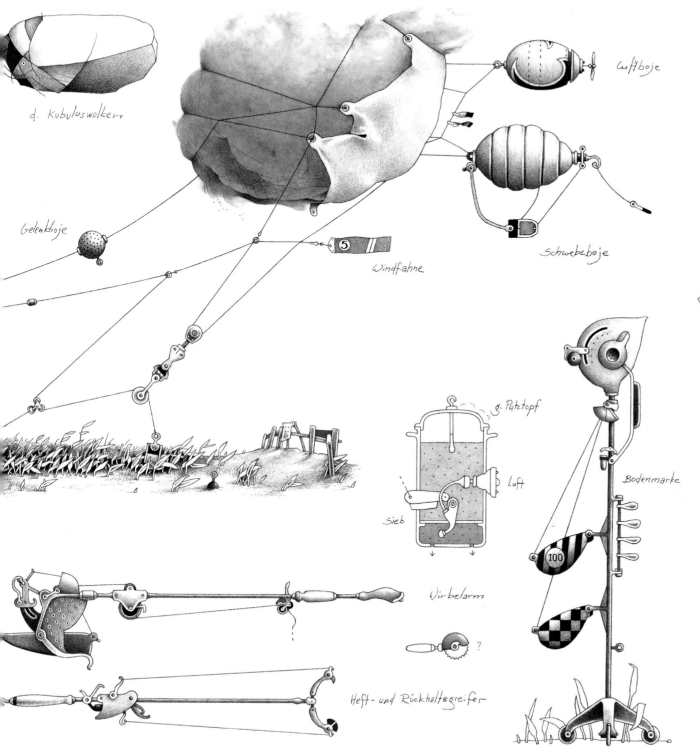
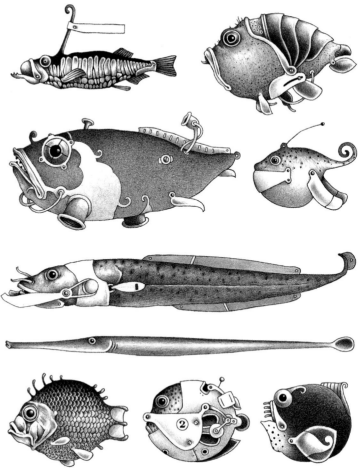

die gleiche Zeit einstellte, um so die Wolken abregnen zu lassen – Fische, Meeresfrüchte und was sie sonst noch so alles mit sich führten. Die Gegenstände steckte der Mann zum Trocknen auf Stäbe, die Fische hängte er an die Leine, nachdem er sie sorgfältig geputzt hatte. | **V**on nun an beobachteten die Stadtmenschen ihn nicht mehr. Stattdessen ärgerten sie sich, dass sie nicht selbst auf die Idee gekommen waren. Und weil sie dem Mann die prächtigen Fische neideten und zudem ein gutes Geschäft witterten, wollten sie es ihm gleichtun. | **O**hne Zeit zu verlieren, fingen sie an …

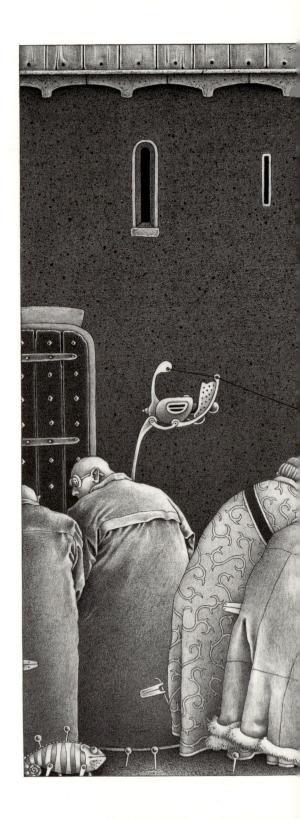

Alle Wolken, die sie kriegen konnten, banden sie über den Dächern ihrer Stadt fest, hängten Töpfe und Eimer und Planen mit Haken an alle nur erdenklichen Plätze und warteten. Aber nichts geschah, und sie fanden nicht heraus, weshalb. | **D**er Wolkenfischer saß indes vor dem Haus bei den Dünen und ließ es Fische regnen. Die Stadtbewohner dagegen ernteten keine müde Sprotte aus ihren Wolken. Nicht einmal regnen wollte es, nicht ein einziges winziges Tröpfchen. | **D**as ärgerte die Leute – und zwar maßlos. Also beauftragten sie den Stadtrat, sich der Sache anzunehmen. Dieser wiederum gab den Auftrag an eine Kommission weiter, die nach langem Grübeln, etlichen Sitzungen und Meinungsstreitigkeiten zu dem Schluss kam, es müsse irgendetwas mit den Dünen zu tun haben und wahrscheinlich regneten die Wolken nur genau über diesem Haus ab. | **U**nd weil die Leute außerordentlich missgünstig waren, hielten schließlich alle eine Versammlung ab, um zu beraten, was für sie eigentlich schon klar war: Der Mann musste weg und die Fische mussten ihnen gehören. Schließlich waren sie viele, und was viele sagten, das konnte nicht falsch sein. | **A**lso wurde ein Schriftstück aufgesetzt, in dem es hieß, dass der Fremde das Haus am Strand mit sofortiger Wirkung zu verlassen habe. Ein Gewerbeschein sei nicht beantragt worden und die Aufenthaltsberechtigung somit nichtig.

Am nächsten Morgen lief ein kleiner Junge mit dem Bescheid zum Haus bei den Dünen, denn irgendwie hatte gerade an jenem Tage und zu dieser Stunde plötzlich niemand sonst Zeit, das zu erledigen. Doch im Haus war keiner, dem der Junge den Brief hätte geben können – der Mann war bereits fort. Nichts erinnerte daran, dass er einmal da gewesen war. | **D**ie Stadtbewohner waren erleichtert, packten Fangleinen, Netze und Haken und zogen eilig in das Haus am Strand. Großer Streit erhob sich um die besten Plätze. Und wieder banden sie die Wolken an, in der festen Überzeugung, dass es nun bald Fische regnen werde. Aber – es regnete nicht! Nur die nachziehenden Wolken rückten immer dichter zusammen und türmten sich hoch auf, weil sie an den festgebundenen nicht vorbeikamen. | **E**mpörung und Unmut machten sich breit, und es dauerte nicht lang, da stritten sich die Leute auf ein Neues. So bemerkte keiner von ihnen das Unwetter, das drohend über ihren Köpfen sich zusammenballte.

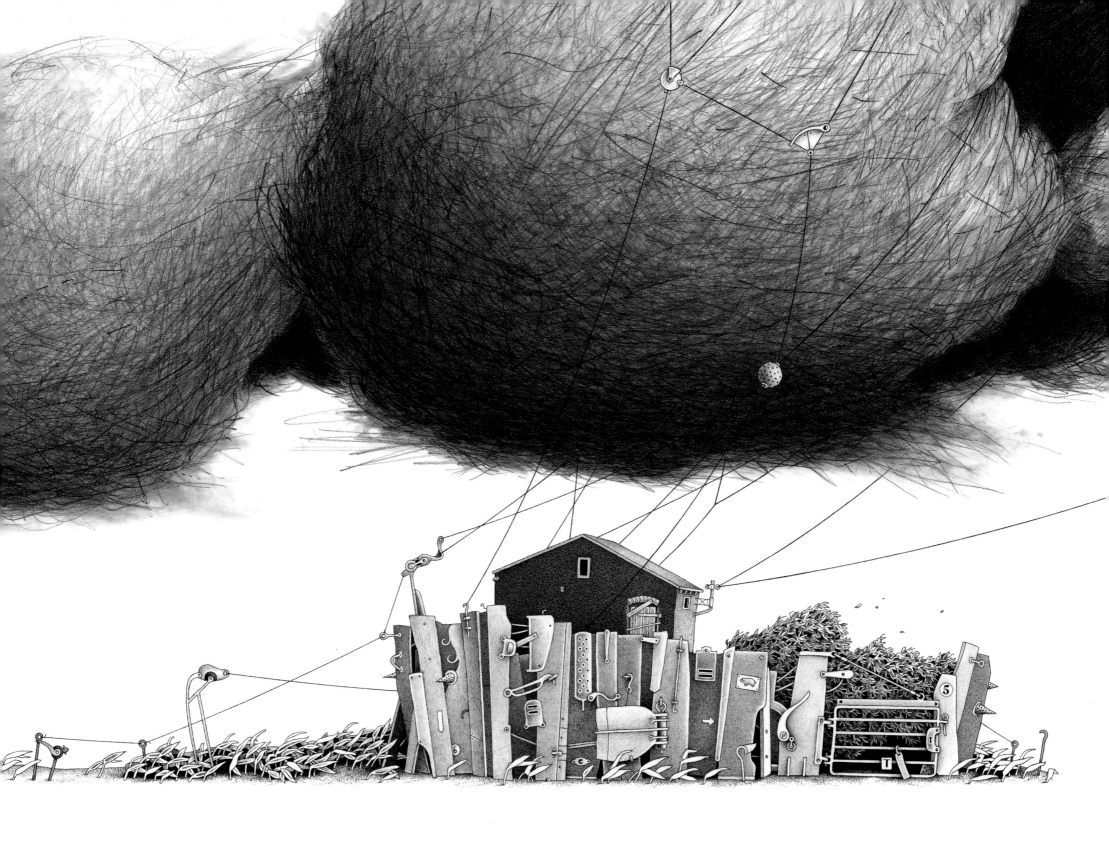

Ein mächtiger Windstoß packte das Haus, riss es mit all seinen Insassen von der Erde los und schleuderte es durch die Luft, hinfort über das weite Land. | **S**elbst aus der Ferne noch hätte man das Zanken und Kreischen, die Beschimpfungen und Beleidigungen, das Fluchen und Jammern hören können, wenn man dabei gewesen wäre. | **A**ls der Sturm vorüber war, trat Stille ein.

Weit entfernt hatte ein Mann sein Schiff auf einer Sandbank befestigt und war in ein verlassenes Haus am Dünenrand gezogen. Dort fing er die vorbeiziehenden Wolken ein und erntete Fische. Eines Morgens trat er aus der Tür, um den neuen Fang zu begutachten. Er staunte nicht wenig, denn es gab eine besondere Ernte.

Einar Turkowski
Es war finster und merkwürdig still
Copyright © 2005 Atlantis,
an imprint of Orell Füssli Verlag AG,
Zürich, Switzerland
www.atlantis-verlag.ch
Alle Rechte vorbehalten

Buchgestaltung und Typografie:
Einar Turkowski
Gedruckt auf Gardapat
Lithos: Photolitho AG,
Gossau, Switzerland
Druck: Grafiche AZ s.r.l.,
S. Martino B.A. (VR)

Bibliografische Information der Deutschen Bibliothek:
Die Deutsche Bibliothek verzeichnet diese Publikation
in der Deutschen Nationalbibliografie; bibliografische
Daten sind im Internet abrufbar über *http://dnb.d-nb.de*

ISBN 978-3-7152-0513-7
3. Auflage 2009

Ausserdem erschienen:

Einar Turkowski
Die Mondblume.
Atlantis-Verlag 2009